MW01535475

# Je déteste être timide

*Sixième édition*

© 2009, Bayard Éditions
© 2004, Bayard Éditions Jeunesse
Tous les droits réservés. Reproduction, même partielle, interdite.
Dépôt légal : avril 2004
ISBN : 978-2-7470-1201-0
Loi du 16 juillet 1949 sur les publications destinées à la jeunesse.

# C'EST LA VIE Lulu !

## Je déteste être timide

Une histoire écrite par Florence Dutruc-Rosset
illustrée par Marylise Morel
couleurs : Christine Couturier

bayard poche

# 1

## Mon premier cours de gym

Ce soir, c'est le grand soir ! Après l'école, je vais à mon premier cours de gym. Cette année, maman voulait absolument que je pratique une activité sportive. Elle dit qu'il faut que je me défoule ailleurs qu'à la maison. N'importe quoi ! Je me défoule partout ! Enfin bon, comme j'adore faire des équilibres et des roues dans le jardin, j'ai choisi la gym-

nastique aux agrès. Maman m'a acheté un collant bleu d'enfer et un justaucorps assorti : à moi, les acrobaties olympiques ! Je sens que le mardi va vite devenir mon jour préféré…

Maman m'accompagne au gymnase, jusqu'à la porte du vestiaire. Oh là là, il y a plein de grands ! Je ne connais personne là-dedans.

– Amuse-toi bien, ma chérie ! me dit ma mère en m'embrassant. Je reviens te chercher à dix-neuf heures.

– Euh… oui… d'accord, m'man !

Je ne peux quand même pas m'agripper à son cou de toutes mes forces en hurlant : « Mamaaan, me laisse pas ! » Pourtant c'est précisément ce que j'ai envie de faire !

Je me mets en tenue à toute vitesse, sans trop regarder les autres, et je sors du vestiaire.

Le moniteur nous dit de nous asseoir en rond autour de lui. Il a l'air plutôt sympa. Il déclare :

– Bonjour à tous ! Je m'appelle Éric, je suis votre prof. Pour commencer, je vous propose un petit jeu. Chacun se présente aux autres. Cela nous permettra de mieux nous connaître. Qui se lance ?

Aïe, aïe, aïe… Quelle horreur ! Va falloir parler devant tout le monde ! Si c'est ça, la gym, j'aurais mieux fait de choisir « théâtre » !

Un garçon en face de moi lève la main. Il fait de grands gestes :

– Chers amis ! Moi, c'est Martin ! J'ai fait de la gym l'année dernière avec Riri, mon prof préféré, et je peux vous dire qu'on se marre bien avec lui.

Éric sourit :

– Merci, Martin, espérons que tu as enfin atteint l'âge de raison cette année. Bon, on continue… On va tourner dans le sens des aiguilles d'une montre. À toi! dit-il à une fille blonde, assise pas très loin de moi.

– Bonjour. Je m'appelle Églantine. J'ai neuf ans. C'est la première fois que je m'inscris à la gym, et j'ai très envie d'en faire parce que ça a l'air super.

– Merci, Églantine. Au suivant! dit Éric.

Ouille, c'est bientôt mon tour. Ils semblent tous très à l'aise. Moi, j'ai le cœur qui joue de la batterie et une température de volcan en éruption.

– Bonjour. Je m'appelle Victor…

– Bonjour. Moi, c'est Julie…

– Hello, c'est Nicolas. Nono pour les intimes!

– Bien, à toi maintenant! dit Éric en me regardant.

Quoi? Moi? J'ouvre la bouche, mais aucun son ne sort. Je ne peux plus rien articuler. Je sens que mes joues sont écarlates. Je ne sais pas quoi dire. D'ailleurs, je ne sais même plus comment je m'appelle.

– Comment tu t'appelles? me demande Éric.

– Euh… Lucie… euh… Lucie Lafleur.

– Tu as déjà fait de la gym ?

– Oui… euh… non…

– Qu'est-ce qui t'a donné envie d'en faire ?

– Je ne sais pas… mon jardin… euh… les équilibres…

– Merci, Lucie. Au suivant !

LA HONTE ! La honte internationale. Qu'est-ce que je raconte ? Interplanétaire !

Je ne suis même pas fichue d'aligner trois mots

sans bredouiller comme une imbécile de limace sans cervelle. Je suis nulle…

Pendant le cours, des petits groupes se forment. Martin rigole avec Églantine et Julie. Ils font tout le contraire de ce que demande Éric. C'est trop drôle ! Moi, personne ne vient me parler. C'est normal, tout le monde doit penser que je suis une vraie abrutie. J'ai l'impression d'être une pauvre fille, mal dans ses baskets, enfin, dans ses chaussons de gym… J'espère que ça va s'arranger mardi prochain… En tout cas, une chose est sûre : la gym, c'est trop bien !

# 2

## La timidité, quelle plaie !

Le temps est passé très lentement toute la semaine… Mais ça y est, on est enfin mardi ! J'ai hâte de retourner à mon cours de gym, ce soir, pour m'entraîner à faire les exercices que j'ai appris la semaine dernière. Encore une après-midi d'école et à moi les plongeons sur le tapis. Pas de repos pour les braves !

À la récré, je fais une démonstration un peu

spéciale de mes exploits en gym à Tim et Élodie, mes meilleurs copains. Je leur dis :

– Je vais vous montrer comment on fait une roulade sans les mains !

Je baisse les épaules, je plie mes jambes et je marche en me balançant comme un orang-outan. Je lance les bras n'importe comment et je fais le tour de la cour en poussant des grognements. Je vois Tim et Élodie morts de rire. Félix et Ling les rejoignent. J'entends Ling demander :

– Qu'est-ce qu'elle fait, Lulu ? Elle imite Félix en train de réciter sa poésie ?

Tout le monde rigole… sauf Félix, bien sûr !

– Pas vraiment, répond Tim. Elle se prépare pour faire une roulade sans les mains !

Je saute à pieds joints sur le banc. J'exécute des petits bonds sur place en me grattant sous les bras. Au passage, je bave un peu… Faut ce qu'il faut pour obtenir une médaille d'or. J'entends aussitôt des « aaah » des « berk » des « dégoûtant » dans le public, venu nombreux applaudir la championne en titre. Tout à coup, je descends de mon perchoir. Je marque un petit temps d'arrêt en respirant profondément. Puis je roule par terre sur le dos en repliant les jambes et les bras.

– Sans les mains ! hurle Élodie. Bravo, elle a réussi !

J'entends un tonnerre d'applaudissements. La foule m'acclame. C'est la grande forme. Ce soir, à la gym, c'est sûr, on va se marrer !

Malheureusement, le soir, en arrivant dans le vestiaire, je sens que ça me reprend. Impossible de sortir le moindre son. Je suis comme un fantôme. Certaines filles discutent entre elles. Elles ont fait connaissance la semaine dernière et parlent de leurs copains de classe. J'aimerais bien me joindre à elles, mais je n'ose pas. Je ne sais pas pourquoi, je suis nouée, comme si j'avais peur ; mais de quoi ? Je crois que c'est cela, être timide. C'est une vraie plaie !

En cours, Éric, notre prof de gym, nous montre un exercice pour échauffer les muscles. Il faut courir en montant les genoux le plus haut possible. Martin passe en premier et en profite pour faire le clown. Il imite la poule. Il lève lentement les jambes en tournant la tête d'un côté puis de l'autre et secoue les bras derrière son dos pour faire les ailes. Le tout en poussant des « côt, côt, côt, côt, côôôt » à faire trembler le gymnase.

Tout le monde rit aux éclats. Moi, je me dis que, si je n'étais pas si timide, je pourrais participer aussi. Pousser des « côt, côt, côôôdec ! ». Je sais bien imiter l'orang-outan, pourquoi pas la poule ? Rien à faire : c'est comme si tous mes membres étaient paralysés, comme si je n'étais pas moi-même. En voyant ma drôle de tête, une fille vient vers moi et me dit :

– Oh, ne t'inquiète pas ! Martin, il aime bien faire le fou, mais au fond il est gentil. C'est vrai qu'il est un peu énervant, mais il met de l'ambiance.

– Non… je… pas de problème…

Impossible de sortir une phrase entière ! J'aimerais tellement lui dire que je ne suis pas du tout ce qu'elle pense. Ça ne me choque pas de voir Martin faire le fou, vu que moi-même je fais la folle à l'école. Je n'en ai pas l'air, mais, en fait, je suis comme Martin. J'adore rire et faire rire mes amis. Mais bon, ça serait difficile à croire ! Alors, je conclus juste par un sourire de grosse patate molle.

Je me déteste ! Je me déteste ! Je me déteste !

# 3

## Le discours de papa

Quand je rentre à la maison avec ma mère, je n'ai pas vraiment le moral. Évidemment, Vanessa, ma gentille sœur adorée, trouve le moyen d'en rajouter une couche :

– Alors, la mioche, tu ne t'es pas encore cassée quelque chose, souple comme tu es ?

Si je pouvais la faire taire à tout jamais, celle-là !

Puis on s'installe à table pour le dîner. Vanessa raconte, comme d'habitude, ce qu'elle a fait de génial, d'exceptionnel, d'extraordinaire dans la journée et essaie de nous convaincre de la chance qu'on a de la connaître. Mais, cette fois, il n'y a pas beaucoup de réactions autour de la table. Alors, elle s'exclame :

– Ouahou, l'ambiance de mort ! Vous avez enterré la voisine cet après-midi, et je suis pas au courant ?

– Oh, Vanessa ! Pour ma part, je suis un peu fatigué, c'est tout, dit mon père.

– Oui, enfin, dit plutôt «stressé» rectifie ma mère.

Intriguée, je demande pourquoi. Ma mère m'explique :

– Ton père doit faire un discours demain, à son travail, pour présenter un nouveau logiciel, et il n'aime pas beaucoup ça…

– Je voudrais bien vous y voir, vous, devant quatre-vingts personnes ! lâche mon père.

– Quatre-vingts personnes ? dis-je. Ça doit faire drôlement peur !

– Surtout quand on est un grand timide, comme

papa! enchaîne ma mère. Je me souviens de notre premier rendez-vous… Si vous aviez vu ça! Il était tout rouge, il bredouillait. Il est même reparti avec le bouquet de fleurs qu'il voulait m'offrir.

– C'est vrai, je l'avoue, dit mon père en baissant les yeux comme un mauvais élève.

Je lui demande :

– Alors, quand on est grand aussi, on peut être timide?

– Bien sûr! répond papa. On s'imagine que les

autres vont nous trouver nul, pas intelligent, pas drôle
et puis c'est parti… On n'est plus soi-même !

Vanessa s'exclame :

– En tout cas, moi, ça ne peut pas m'arriver. Je suis
tellement géniaaaale, ça crève les yeux !

Pff, cette Vanessa, quelle pimbêche ! Je lance :

– Papa, j'ai une idée ! Et si tu t'entraînais pour
demain ? Tu aurais moins peur ! On n'a qu'à jouer le
public.

Et nous voilà, ma mère, Vanessa et moi, assises
dans les fauteuils du salon, à observer papa, debout
devant nous. Il se racle la gorge et commence :

– Bonjour à tous… euh… je vous remercie d'être

venus aussi nombreux…

– On est trois! dis-je en faisant un clin d'œil à Vaness' qui se met à pouffer.

– Chuuut! dit maman. Laissez-le parler.

–… d'être venus aussi nombreux… euh… suivre la présentation du logiciel X4.12. Hum… ce logiciel a été mis au point par mon équipe et moi-même.

C'est vrai que papa n'est pas comme d'habitude. Qu'est-ce que ce sera quand il se retrouvera devant quatre-vingt personnes!

Je lui crie :

– Souris!

– Hou, hou! crie Vanessa. Rem-bour-sez!

Papa rigole et se détend un peu.

– Ce logiciel est le fruit d'un travail de plusieurs années…

– Poil au nez ! dis-je.

– Ouais, c'est ça, fais quelques bonnes blagues de temps en temps, papa ! lui conseille Vanessa. C'est la clé du succès !

Mon père finit son discours en faisant exprès de grands gestes comme s'il était le président de la République. Je ne sais pas si on l'aide vraiment pour demain ; mais, au moins, on s'amuse bien.

Ma mère conclut en disant :

– Sois naturel, et tout ira bien, mon chéri !

– Plus facile à dire qu'à faire…, rétorque mon père.

# 4

## La gym, plus jamais !

Nous sommes déjà mardi, et je n'ai aucune envie d'aller à la gym ! Rien que d'y penser, j'ai mal au ventre. J'ai les jambes toutes flagada et comme une envie de vomir. J'veux pas y aller, j'veux pas y aller ! Après tout, on ne devrait pas être obligé de faire des choses qui nous déplaisent. Moi, je ne me sens pas dans mon assiette quand je suis en cours de gym.

Bon, et alors ? Je n'y vais pas, et puis c'est tout ! Mon père, lui, il était bien obligé de faire son discours, vu que c'est son travail, mais mon cas est différent. D'ailleurs, il m'a dit qu'il avait eu la trouille de sa vie : les mains moites, la voix tremblante, et tout et tout. D'accord, il s'en est bien sorti en fin de compte, tout le monde l'a applaudi, mais mon père, c'est mon père, et moi, c'est moi. Et, parole de Lulu, je n'ai aucune intention d'affronter le cours de gym, même s'il n'y a que neuf personnes.

– Prépare tes affaires, ma chérie, me crie ma mère, on ne va pas tarder à partir à la gym !

Au secours ! Il faut que j'invente un truc très vite. Le thermomètre sur le radiateur ? Impossible, ça ne marche jamais avec ma mère. Évidemment, elle est infirmière ! Si ce n'est pas le comble de la malchance, ça ? Elle déjoue n'importe quelle ruse dans les cinq secondes. J'ai tout essayé : la bronchite sans toux, la varicelle sans bouton, la grippe froide… Aucun succès ! Alors, qu'est-ce que je vais bien pouvoir trouver pour ce soir ?

Tout à coup, j'ai une idée : l'effet de surprise ! Je fourre mes affaires de gym dans mon sac, je mets mon manteau et je descends les escaliers comme si de rien n'était. Ma mère est en bas, elle m'attend devant la porte d'entrée. À mi-parcours, je fais semblant de me prendre les pieds dans les bretelles de mon sac à dos et je m'écrase de tout mon long. Patatras ! Je crie :

– Aïe, ouille, aïe ! Ma cheville !

Ma mère accourt :

– Laquelle ?

– Euh… la droite !

– Fais-moi voir ! me dit ma mère en saisissant délicatement ma jambe. Ça n'a pas l'air bien grave.

Elle tourne ma cheville dans tous les sens en me demandant :

– Ça te fait mal quand je fais ça ?

La vérité, c'est que ça me fait plutôt des cha-
touilles. Mais je réponds :

– Oui !

– Et là ?

– Oh là, oui !

– Bizarre… Bon, je vais te mettre une pommade,
et on y va !

– QUOI ? Mais, maman, je ne peux pas faire de la
gym dans cet état ! Je ne peux même pas marcher ! Il
faut que je reste à la maison.

– Écoute, Lulu, tu n'as vraiment pas l'air d'avoir
très mal. Je t'assure que ce n'est pas grand-chose. Ce
serait dommage de rater un cours de gym pour ça.

– Je t'en supplie, maman, j'veux pas y aller, j'veux
pas y aller !

Maman me regarde, stupéfaite :

– Tu ne veux pas aller à la gym ? Alors, c'est donc
cela ! Tu aurais pu m'en parler sans inventer toute
cette histoire. Raconte-moi ! Que se passe-t-il ?

Je fonds en larmes :

– J'aime bien la gym, mais… snif… je suis trop nulle!

– C'est normal, ma puce. Quand on commence une activité, on a tout à apprendre. Au début, tout le monde se sent nul et puis, petit à petit, on sait faire de plus en plus de choses…

– Ce n'est pas en gym que je me sens nulle, c'est avec les autres… Je ne suis pas à l'aise. J'ai l'impression d'être une pâte à tarte. Je n'ose rien dire, rien faire…

– Tu es un peu timide, voilà tout! Ce n'est pas facile d'être à l'aise quand on ne connaît personne. Tu te feras vite de nouveaux copains, crois-moi. Regarde, Tim et Élodie, tu ne les connaissais pas, au début. Ils t'intimidaient un peu, non?

– C'est vrai! On se regardait sans rien dire. Je trou-

vais qu'ils avaient l'air sympa, mais j'attendais qu'ils viennent me chercher pour jouer avec eux…

– Tu vois ? Bon, écoute, voilà ce qu'on va faire : tu ne vas pas à la gym pour cette fois, mais la semaine prochaine, pas question de rester ici à te morfondre, d'accord ?

– D'accord, maman chérie d'amour, lui dis-je en me glissant dans ses bras pour qu'elle me fasse un gros câlin comme quand j'étais petite.

# 5

## L'après-midi au square

Aujourd'hui, c'est mercredi! Dans cinq minutes, j'ai rendez-vous au square avec Tim et Élodie. Ma cheville est totalement remise de ses émotions! Ça tombe bien, on a décidé de faire du roller acrobatique. Rien ne vaut les amis pour vous redonner goût à la vie!

J'aperçois Tim sur son vélo :

– Salut, Tim ! Prêt à défier la mort ?

– J'ai installé le porte-bagages sur mon vélo, j'ai le drapeau dans mon sac à dos. Je suis paré !

Élodie arrive au pas de course en brandissant des paquets de gâteaux et crie :

– Et moi, j'ai le matériel de survie !

Super, on va bien s'amuser !

Je mets mes rollers aux pieds, mes protections aux genoux, aux coudes et aux poignets (on n'est jamais trop prudent !) sans oublier mon casque de cascadeuse. Tim fait des tours de piste à vélo

pour régler sa vitesse. Tout à coup, il sort le drapeau bleu. C'est le signal : *go !* Je fonce pour tenter de le rattraper. Hop, je réussis à m'accrocher au porte-bagages. Et là, j'exécute ma première figure de voltige : le lancer de jambe droite avec salut à la foule !

Élodie, assise sur le banc en attendant son tour, applaudit à tout rompre. Je continue. Un lancer de jambe gauche avec la plus moche grimace jamais réalisée au monde. Élodie est écroulée de rire ; Tim,

lui, reste concentré sur son guidon. Subitement, l'orang-outan qui sommeille en moi se réveille. Je me gratte sous le bras en faisant des petits bonds. Avec des rollers, c'est beaucoup plus difficile que ça en a l'air! Surtout que je travaille sans filet et qu'à la moindre erreur ce sera le carnage! La transformation immédiate de Lulu en pâté de foie. Évidemment, je ne résiste pas aux rires d'Élodie. Du coup, j'en rajoute au maximum : je mélange un peu toutes les figures en insistant bien sur les grimaces.

Tout à coup, j'entends un rire qui ne m'est pas inconnu, mais qui n'est pas celui d'Élodie. Je me retourne : Martin, de la gym! Il est là, debout, à me regarder faire l'andouille. La honte! Je sens la timidité qui s'abat sur moi, je deviens rouge comme une tomate… Mais Martin, en un clin d'œil, saute sur la piste avec ses rollers et s'accroche à moi en criant :

– Et, après l'orang-outan, voici la poule : la seule, l'unique poule au monde, championne de voltige!

Et nous voilà partis tous les deux dans un numéro délirant, où se mêlent grognements et caquètements. Entraînée par Martin, je ne suis plus timide du tout. J'ai même l'impression qu'il a toujours été mon copain. Je continuerais bien pendant des heures à faire du roller acrobatique avec lui, mais Élodie rit tellement qu'elle est pliée en deux, et trouve juste la force de crier : « Pitié ! »

Le public est roi, nous arrêtons. Du moins, le temps qu'Élodie reprenne son souffle… Martin me lance alors :

– Ben, dis donc, t'es une sacrée rigolote, en fait ! Pourquoi tu n'es pas venue en gym, hier ? On se marre bien… Et, en plus, tu es plutôt douée pour les acrobaties !

Depuis ce jour, je n'ai plus rien de commun avec une pâte à tarte en cours de gym.

Martin m'a présentée aux autres comme une de ses copines, il a dit que j'étais super sympa. Du coup, ils m'ont acceptée dans leur groupe, et ma timidité s'est évanouie comme par enchantement. Aujourd'hui, on forme une joyeuse bande. On s'appelle « les olympique – brochettes ». On s'entraide pour réussir nos mouvements, et je dois dire que même avec nos abdominaux en compote, on a quelques bonnes crises de fou rire… Pauvre Éric, ce n'est pas de tout repos pour lui. Mais, le plus important, c'est que maintenant je suis moi, tout simplement. Et qu'est-ce que c'est bien d'être soi !

# ET TOI,
## es-tu timide ?

**Quand on rencontre de nouvelles personnes, on n'est pas toujours très à l'aise.**

On se demande ce qu'elles vont penser de nous, si elles vont nous trouver des qualités plutôt que des défauts. On se dit qu'elles vont nous regarder dans les moindres détails, nous juger, et ça nous terrorise. Tout le monde connaît cela, les enfants comme les adultes.

Alors, au lieu de rester soi-même, **on se cache derrière une sorte de masque**. On veut se faire tout petit, ne pas être remarqué, surtout ne rien dire, ne rien faire qui attirerait l'attention. Et on se plaît à rêver d'une baguette magique qui nous rendrait invisible !

En réalité, les autres ne nous jugent pas aussi sévèrement que l'on se l'imagine.
**Car chacun d'entre nous a peur du regard et du jugement des autres**. Ceux qui parlent fort et qui se mettent facilement en avant ne sont pas forcément à l'aise. En fait, tout le monde a le même besoin d'être accepté et aimé par les autres.

Mais pour être accepté et aimé par les autres, il faut d'abord se montrer tel que l'on est, sans avoir peur de déplaire. Pour cela, **il suffit de se dire que personne n'est parfait**. Chacun d'entre nous a des qualités et des défauts. Et c'est tant mieux, car c'est précisément ce qui compose notre personnalité. Et elle ne peut qu'être intéressante puisqu'elle est unique au monde.

Et puis, **quand on est soi-même, on se sent tellement bien** qu'on est plus agréable pour les autres. On est détendu, souriant. On a plein de choses passionnantes à dire et à partager avec eux. Et même si ce n'est pas avec tous, qu'importe, on ne peut pas plaire à tout le monde !

VIVE MOI !

... et vive les autres !

## • Lance-toi des défis !

Des défis, pas trop difficiles au début, et de plus en plus durs ensuite. Par exemple, dis-toi : « Aujourd'hui, je lève le doigt une fois en classe. » Ou « Aujourd'hui, je demande le pain à la boulangère à la place de mes parents. » Fais une liste de ces défis. Tu verras, tu seras heureux (se) de les réussir et tu seras de moins en moins timide.

Le tigre est un carnivore...

## • Propose à ta maîtresse de faire un exposé devant la classe.

Prépare-le avec un copain ou une copine sur un sujet qui te passionne. Puis entraînez-vous tous les deux avant de le présenter à vos camarades. Si vraiment ça te fait trop peur de parler en public, tu peux accompagner ton copain ou ta copine au tableau et montrer les documents, par exemple ou répondre à quelques questions de la classe.

## • Et si tu t'inscrivais dans un cours de théâtre ?

Chacun a un rôle et apprend un texte pour jouer avec les autres. À la fin de l'année, la troupe donne un spectacle. Évidemment, ça paraît difficile, mais en fait ce qui est rassurant, c'est qu'on connaît son texte par cœur et qu'on est entouré de plein de copains qui ont tous autant le trac. Penses-y ! Le théâtre pourrait t'aider à avoir davantage confiance en toi.

## • *Si tu n'oses pas parler à un ou une camarade*

qui t'intimide, tu peux l'inviter chez toi, avec d'autres copains, à l'occasion d'un goûter par exemple. On est souvent plus à l'aise dans sa maison. Une fois que la glace aura fondu, elle ne se reformera pas !

## • *Si tu ne te sens pas capable d'entamer la conversation*

dans un nouveau groupe, à l'école ou ailleurs, essaie d'apporter un jeu ou un truc marrant. Ça peut être un bon début pour se faire des amis sans être obligé de trop parler.

## • Malgré tous ces conseils,

si tu es toujours aussi timide et que cela t'embête vraiment, parles-en à tes parents. Ils pourront t'emmener chez un psychologue qui saura t'aider.

## Et surtout souviens-toi qu'on apprend à être moins timide petit à petit. Mais à chaque étape qu'on franchit, on fait des progrès pour la vie !

Un grand merci à Christine Arbisio, psychanalyste et maître de conférence en psychologie à l'Université Paris XIII, pour sa relecture attentive.

# Retrouve Lulu

## dans le magazine astrapi*

**Astrapi, c'est deux fois par mois, pour deux fois plus de découvertes**

**7-11 ans**

**La découverte du monde**
Le fabuleux voyage de Marco Polo, la planète Mars, les ours, les coulisses de la publicité...

**La découverte de soi**
Des réponses aux questions que se posent les 7-11 ans, des conseils pour leur vie quotidienne. Les relations entre frères et sœurs, pourquoi on a peur, choisir une activité extrascolaire...

**Et aussi**
Des jeux, des BD, des bricolages... et beaucoup d'humour !

astrapi 2 fois par mois

**Marco Polo** SON AVENTURE FABULEUSE

UN GRAND JEU

astrapi 2 fois par mois

Nouvelle formule

**Frères et sœurs**

QUELLE AMBIANCE !

ILLUSTRATION : MARYLISE MOREL

CRÉATION : FINGUEUR IN ZENOSE

**Pour en savoir plus,**
**rendez-vous sur www.astrapi.com**

**Astrapi** est en vente tous les 15 jours chez ton marchand de journaux, par abonnement au 0825 825 830 (0.15€/min) ou sur Internet www.bayardweb.com

## J'AIME LIRE

**Des premiers romans à dévorer tout seul**

## Édition

### Réfléchir et comprendre la vie de tous les jours

La maison de mon grand-père

Mon meilleur copain

### Rire et sourire avec des personnages insolites

Crapounette à l'école

Alerte : Poule en panne !

### Se faire peur et frissonner de plaisir

C'est dur d'être un vampire

La nuit des squelettes

### Rêver et voyager dans des univers fabuleux

Le secret de Farida

La grande course

### Se lancer dans des aventures pleines de rebondissements

Le tour du monde de Nina

La villa d'en face

## Tes histoires préférées enfin racontées !

**J'écoute J'AIME LIRE**

La confiture de leçons

La charabiole

Le mot interdit

Les cent mensonges de Vincent

Victor, l'enfant sauvage

## Presse

Le magazine *J'aime lire* accompagne les enfants dans des **grands moments de lecture**

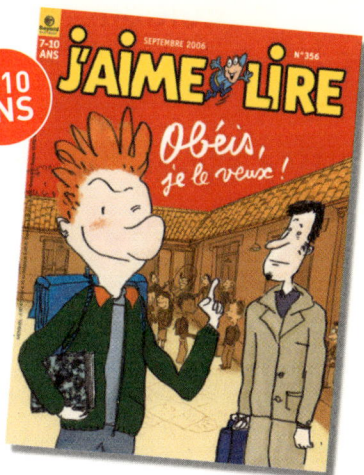

Une année de *J'aime lire*, c'est :

- **12 romans de genres toujours différents :** vie quotidienne, merveilleux, énigme...

- **Des romans créés pour des enfants d'aujourd'hui** par les meilleurs auteurs et illustrateurs jeunesse.

- **Un confort de lecture très étudié** pour faciliter l'entrée dans l'écrit : place de l'illustration, longueur du roman, structuration par chapitres, typographie adaptée aux jeunes lecteurs.

Chaque mois : un roman illustré inédit, 16 pages de BD, et des jeux pour découvrir le plaisir de jouer avec les mots.

**Maître du monde**

J'ai toujours aimé la magie. Et si j'avais été magicien, j'aurais commandé : « Abracadabra ! Faites que lundi, il n'y ait pas de rentrée des classes ! »

Cette rentrée, je ne la sentais pas bien du tout.

## Tous les titres parus :

Imprimé en France par Pollina - n°L51494B